• FERNANDA LOPES DE ALMEIDA •

CB138490

O equilibrista

ilustrações de **Fernando de Castro Lopes**

conforme a nova ortografia da língua portuguesa

PASSA ANEL

editora ática

Era uma vez um equilibrista.

Vivia em cima de um fio, sobre um abismo.

Tinha nascido numa casa construída sobre o fio.
E já tinha nascido avisado de que a casa podia
desmoronar a qualquer momento.

Acho que vou me mudar...
AVISO
ESTA CASA
ESTÁ
POR UM FIO!

Mas logo percebeu que não havia nenhum
outro lugar para ele morar.

O equilibrista ainda era bem jovem quando descobriu que ele mesmo é que tinha de ir inventando o que acontecia com o fio.

MEU DEUS!
QUE RESPONSA-
BILIDADE!

Se queria ter uma festa, tinha que fabricar a festa com o fio.

Não há nenhuma festa pronta para as pessoas ali na esquina.
Não? Então vou fazer uma.
Convite para minha festa. Eu que fiz.

Se queria ir à Europa, tinha que construir a viagem para a Europa.

Tem aí uma viagem para a Europa já viajada?
Engraçadinho! Não quer mais nada, não?

Ele então transformava o fio em viagem.
E a verdade é que não se arrependia:

É incrível quanta coisa se pode fazer com este fio!

Para ter amigos, o equilibrista tinha que procurar outros equilibristas.
As pessoas desequilibristas não queriam ser amigas dele:

Que ideia, essa, de viver assim!
É louco!

O equilibrista ainda tentava se defender:

A ideia não foi minha! Já nasci assim!

Mas as pessoas não queriam ouvir:

Imagine se vou acreditar numa mentira dessas!

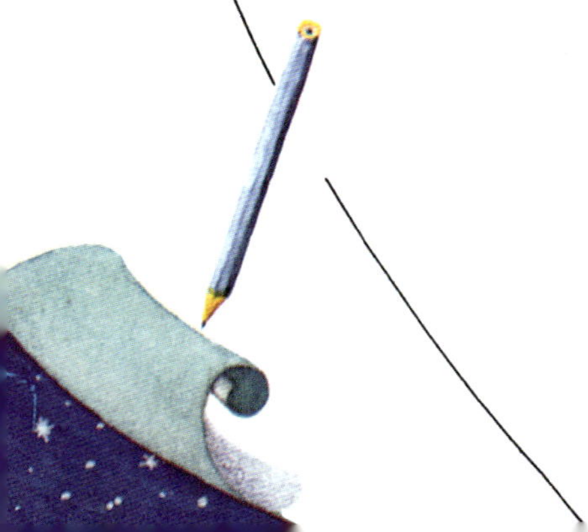

Elas juravam que ninguém nasce assim.

O equilibrista, então, ia se encontrar com outros equilibristas.

Como vai?
Vou-me equilibrando dentro do possível.
possível

O equilibrista ficava um pouco assustado com a conversa dos desequilibristas:

Como vai?
Muito mal.
Meu carro enguiçou.

Como vai?
Muito bem. Minha poupança rendeu juros.

Mas então quem vai mal e quem vai bem não são vocês. São o carro e a poupança!

Há! Há! Há!
Olha o bobo!
Qual é a diferença?

Os equilibristas também podiam ir muito mal ou muito bem. Mas a conversa deles dava para entender:

Como vai?
Vou mal. Estou com um elefante na cabeça.

Como vai?
Vou bem. Hoje, pela primeira vez, eu verdadeiramente vi um beija-flor.

É verdade que, às vezes, o equilibrista ficava morrendo de inveja de quem tinha um chão. Mesmo que fosse feinho.

Chão de cimento é feio, mas que comodidade!

Na mesma hora se desequilibrava e caía.
Enquanto caía, gritava:

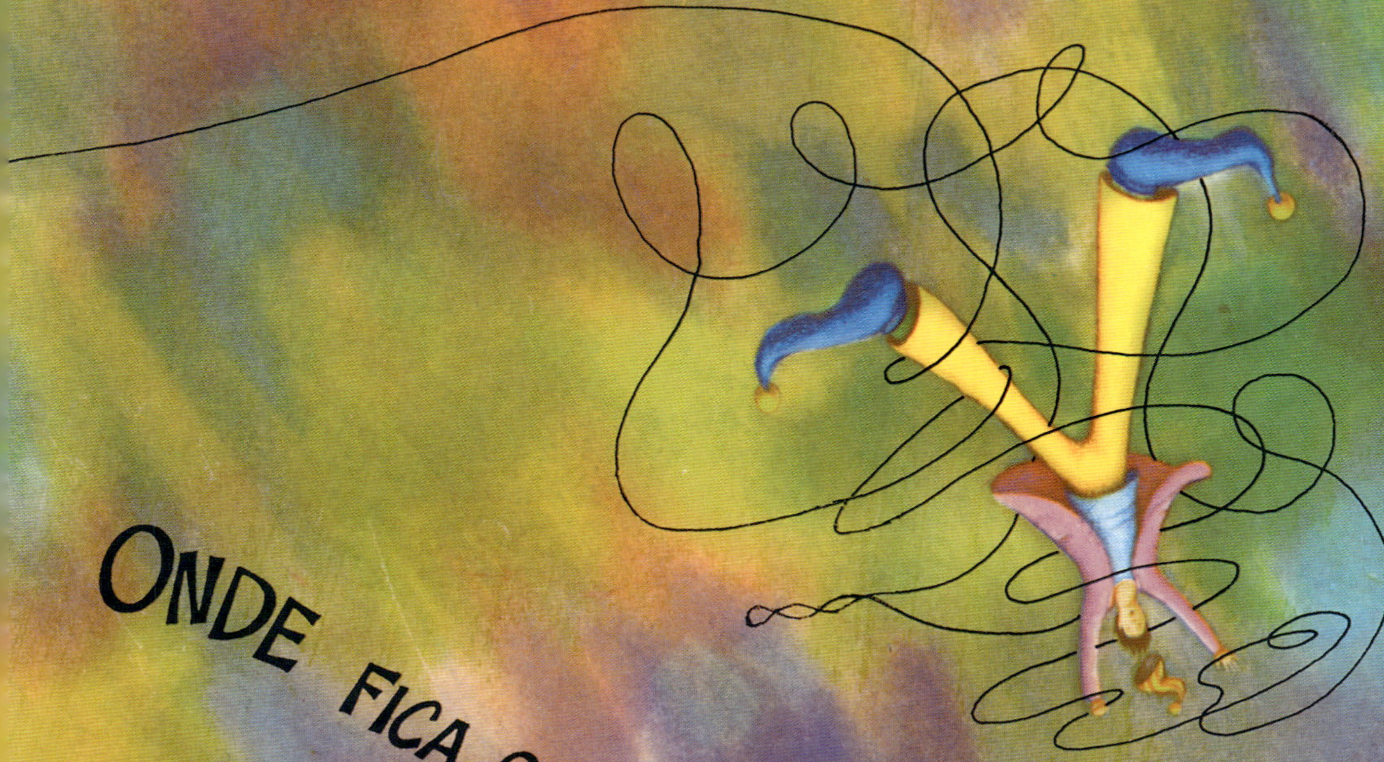

ONDE FICA O CHÃO?

Mas só recebia respostas malcriadas:

Está claro que fica embaixo. Não enxerga?
Mas embaixo de quê?

Olhe, não tenho tempo para conversas bobas. Passe bem.

O equilibrista fazia um esforço danado para saber onde era embaixo.

Afinal, desistia.

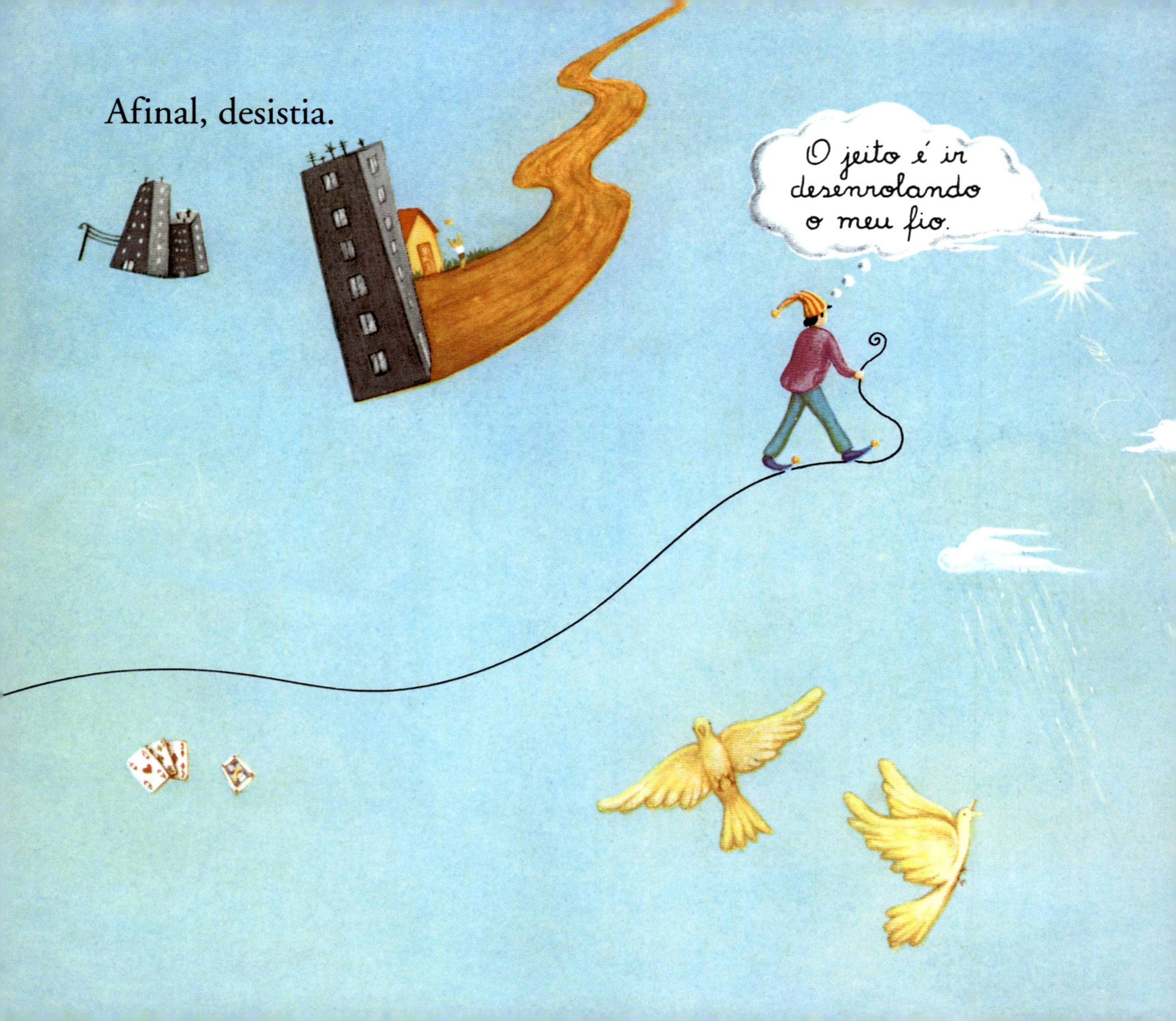
O jeito é ir
desenrolando
o meu fio.

E desenrolava o melhor que podia.

Pensando bem, gosto de ser equilibrista.
Pensando bem, como é dura a vida de equilibrista!
Pensando melhor, é ruim e bom. Tudo misturado.

De vez em quando o equilibrista dava uma paradinha e olhava para trás:

Puxa! Meu chão fui eu mesmo que fiz!
possível

Mas tinha que ser uma paradinha rápida.

Meu avô sempre
dizia: – Quem para
demais pra pensar, acaba
sem saber andar.

O equilibrista pensava no justo tempo e andava no justo tempo.

E aprendi a fazer isso com o tempo. Há! Há!

Assim foi chegando ao fim do fio.

Antes de despedir-se, disse:

Respeitáveis outras pessoas!
Esta vida de equilibrista é
perigosa, mas muito interessante.
Por mim, fiz o que podia e
achei que valeu a pena.
Adeus.

Umas pessoas concordaram. Outras, não.

Eu também acho muito interessante! Viva o equilibrista!
Eu não acho graça nenhuma! Fora! Fora!
Eu acho que vale a pena! Vale muito a pena!
Não vale a pena, nada! Eu acho uma boa droga!

O equilibrista deu um risinho:

Justamente o interessante é que cada um acha o que quer.

E saiu.